AF462291

FRÉDÉRIC MARCELIN

L'Haleine du Centenaire

L'immortalité, c'est la foi.

PARIS

SOCIÉTÉ ANONYME
DE
IMPRIMERIE KUGELMANN
rue Grange-Batelière, 12

EN VENTE
CHEZ
P. TAILLEFER, LIBRAIRE
67, boulevard Malesherbes

1901

L'Haleine

du

Centenaire

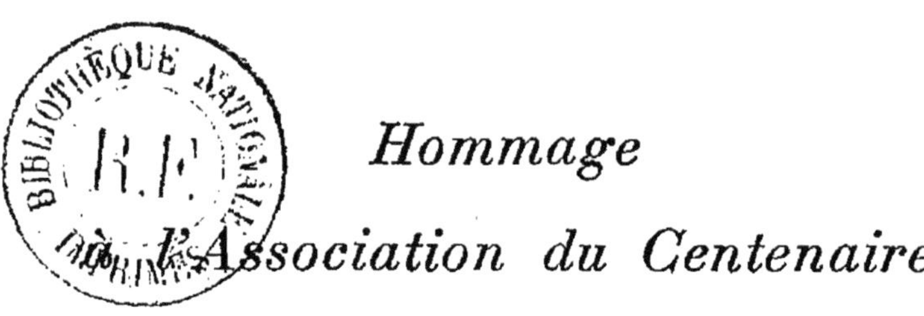

Hommage
à l'Association du Centenaire

FRÉDÉRIC MARCELIN

L'Haleine du Centenaire

L'immortalité, c'est la foi.

PARIS

SOCIÉTÉ ANONYME
DE
L'IMPRIMERIE KUGELMANN
12, rue Grange-Batelière, 12

EN VENTE
CHEZ
P. TAILLEFER, LIBRAIRE
67, boulevard Malesherbes

1901

L'HALEINE DU CENTENAIRE

L'immortalité, c'est la foi...

Il y aura bientôt cent ans que, dans la mer des Antilles, 450,000 esclaves africains consacrèrent solennellement leur indépendance qu'ils venaient de conquérir dans une lutte épique... L'acte que leurs chefs signèrent le 1er janvier 1804 dans la ville des Gonaïves n'était que la paraphrase du cri qui les avait guidés durant leur longue bataille de plusieurs années : *Liberté ou la Mort !*... Comme corollaire à la signature de cet acte, ils joignirent l'extermination en masse de leurs maîtres vaincus. Et cela pour établir qu'il n'y avait désormais entre eux et la race proscrite aucun compromis, aucune transaction possible. Ou ils devaient conserver leur liberté ou, à leur tour, ils devaient disparaître selon l'inflexibilité de la loi de sang qu'ils avaient invoquée. Le défi était sublime, vu leur infimité en face de la grande nation qu'ils provoquaient ainsi. C'est le sens de cette hécatombe. La haine y fut absolument au second plan. Surtout la nécessité politique à laquelle ils se soumirent dicta la sentence. Beaucoup, on le sait, ne s'y résignèrent qu'à contre-cœur et pleurèrent sur le sort des victimes. Ces hommes n'étaient pas plus féroces que les conventionnels qui régénérèrent la France par la guillotine...

Quoi qu'il en soit, l'acte signé ce 1er janvier 1804 dans la ville à jamais sainte des Gonaïves n'avait pas de précédent dans l'histoire. Jamais jusqu'à ce jour rien de semblable ne s'était vu : toujours l'esclave révolté retombait dans ses chaînes, plus âprement rivées après l'avortement fatal. Cette fois, le triomphe fut complet. S'il existe quelque part une Conscience universelle, juge des actions des hommes, uniquement pour le principe, puisque malheureusement elle ne peut davantage, cette Conscience-là dut, à ce spectacle, tressaillir d'allégresse. Cette fois, du moins, elle était amplement justifiée... Du coup aussi toutes les doctrines de charité et d'amour prêchées, non appliquées par les morales publiques, les philosophies abstruses, par les théogonies douces en théorie, meurtrières dans la pratique, en reçurent une éclatante et inattendue consécration. Au moment où les dogmes croûlaient dans le Vieux Monde, un miracle s'imposait dans le Nouveau. C'en était un vraiment que tous ces milliers de Lazare surgissant du tombeau de l'esclavage !... La liberté enfantait le prodige avec les plus humbles matériaux qu'on connût ici-bas... En vérité, si on songe à ce qu'étaient ces malheureux, la veille encore tremblants sous le regard du maître, sous le fouet du commandeur, on est tenté de croire, en face de leur témérité, à quelque intervention tutélaire. Eux, ils n'y pouvaient compter, car on leur avait précieusement enseigné que leur abjection et leur misère étaient la loi de Dieu même. Il n'y avait qu'un lien commun entre leurs bourreaux et eux : ils étaient également assujettis à la mort et pourrissaient dans la terre, bien entendu à distance respectueuse. A part cela, entièrement différents les uns des autres. Deux races : l'une de criminels, de fous pour qui la souffrance était une volupté; l'autre de bêtes de somme d'une espèce spéciale, puisqu'elles vivaient pourtant la douleur comme si elles étaient vraiment des créatures humaines... Dans l'œil du charretier stupide rouant de coups la maigre haridelle, on voit luire le regret de ne pouvoir la faire souffrir davantage, une fois la limite de la sensibilité physique épuisée. Mais le colon savait qu'au delà, dans le troupeau de ses esclaves, il y avait un domaine illimité de torture. C'était là qu'il puisait, sans crainte de l'appauvrir, ses plus extatiques jouissances... L'accouplement, la reproduction du troupeau, par exemple, ne lui étaient pas indifférents, mais rien n'égalait le frisson sadique qu'il éprouvait dans les cris de la mère à qui on arrachait son petit pour le vendre au loin...

Est-ce que le délire de ces misérables le 1er janvier 1804 ne s'explique pas ?

II

Des gens ont dit :

« Penser à célébrer votre centenaire, quelle folie ! Qu'avez-vous fait dont vous pouvez vous enorgueillir ? Montrez-nous la civilisation que vous avez créée ? Qu'allez-vous présenter au tribunal de l'Histoire ? Où est l'œuvre, où est l'idée auxquelles vous avez attaché votre nom ? Sont-ce vos dissensions civiles, vos tueries fratricides, vos misères sociales, votre ignorance économique, votre idolâtrie militariste que vous allez glorifier le 1er janvier 1904 ?

Non, ce n'est pas tout cela.

Ni nos dissensions civiles, ni nos tueries fratricides, ni nos misères sociales, ni notre ignorance économique, ni notre idolâtrie militariste.

Nous glorifierons une idée qui, malgré tout cela, en dépit de tout cela, nous a permis de demeurer une petite nation libre et indépendante, une idée qui, nous en sommes certains, embrase l'âme de tous nos concitoyens, du premier au dernier, dans les villes aussi bien que dans les campagnes, celle-ci, vieille d'un siècle, mais toujours jeune : L'Indépendance ou la Mort !

C'est le cri que poussèrent nos pères le 1er janvier 1804 sur la place d'armes des Gonaïves. C'est le cri que nous répéterons au Centenaire.

Vous souriez ?... Vous avez tort. Car, rien de plus résolu à défendre son autonomie, si elle était menacée, que le petit peuple haïtien. Après cent ans, ce sentiment-là est aussi vivace, aussi profond qu'au premier jour. Quand, d'un pied hardi, nos montagnards escaladent les cimes de nos mornes, il ne leur vient jamais à l'idée, croyez-moi, que d'autres qu'eux peuvent un jour les fouler en maîtres ! Pour démodés qu'ils soient, ils ont confiance dans leurs vieux fusils, ils ont confiance dans les gorges traîtresses de leurs défilés, dont chaque pierre serait, à l'occasion, une petite citadelle... C'est la tranquille assurance de la possession indestructible, incrustant leurs orteils nus dans le roc, qui les possède. Ne vous y trompez pas. Et c'est ce sentiment-là que nous glorifierons.

Aussi intact, aussi intangible qu'au premier jour, tel que les ancêtres le léguèrent aux fils !

Au surplus, est-il bien vrai que nous n'ayons rien fait ?

Assurément, nous n'avons pas assez fait; mais nous avons *fait*. Pour nous rendre quelque justice, il suffit d'observer le point d'où nous sommes partis. Au lendemain de l'Indépendance, après le décompte des morts, nous n'étions pas plus de 400,000 âmes. Nous comptons aujourd'hui plus de

1,250,000 habitants. Ce n'est pas trop mal pour un peuple abâtardi, déchu, que cette augmentation de la population. Et qu'étaient ces 400,000 individus, ces jalons de notre future nationalité ? Des embryons, des parcelles d'âmes, dégradées, avilies par le plus douloureux esclavage.

En nous soulevant, nous répudiâmes, comme on sait, toute cette civilisation de nos maîtres qui nous faisait horreur, que nous ne connaissions, du reste, que par ses crimes et ses folies. Nous la répudiâmes dans ses représentants aussi bien que dans les objets matériels qui la rappelaient. Nous fîmes table rase du passé. Aucun peuple, sur notre continent, ne s'est trouvé, à sa naissance, dans de semblables et si désastreuses conditions. Il nous a fallu, lentement, péniblement, reprendre le chemin dont, dans notre colère, nous avions prétendu effacer les moindres traces. Car, sur ce sol, ce que nous détruisions, c'était la civilisation, c'était la richesse, c'était la vie. Ce que nous jetions à la flamme expiatoire, c'était la sueur de nos fronts, le halètement de nos poitrines, de la forge de nos poumons sans cesse en travail pour édifier la fortune coloniale. Mais nous ne songions pas dans notre héroïque folie qu'il nous faudrait un jour recréer tout cela. Et surtout nous nous disions qu'un désert tenterait moins la convoitise de nos ennemis !

Donc, c'est sur un sol dévasté où, en expirant, nos oppresseurs nous laissaient la haine plein le cœur que nous campâmes le 1er janvier 1804. Ma foi, nous ne nous en sommes pas trop mal tirés. Le lit n'est pas luxueux, c'est vrai. Mais combien en ont un plus dur ou n'en ont pas du tout !... Avec le poète, nous pouvons toujours nous écrier :

Mon verre n'est pas grand, mais je bois dans mon verre !

Et nous avons beau nous plaindre, nous

l'aimons bien le cher pays où la vie est facile, pas coûteuse, où l'on souffre parfois de ne pas avoir assez; jamais, comme ailleurs, de ne rien avoir jusqu'à en mourir. Et ça, c'est le côté matériel... Quant au côté moral, riches nous sommes, plus riches peut-être qu'aucun peuple du globe.... Quand le colon expia, sur cette terre même qui en vit l'apothéose, le crime de l'esclavage, on pouvait craindre qu'il nous légua l'âme féroce, implacable que nous lui empruntâmes pour tirer vengeance de lui-même. On pouvait craindre que de ce jour la pitié, bannie de nos cœurs, ne viendrait plus y refleurir; que la fleur de compassion et d'amour, à jamais noyée dans le sang, ne renaîtrait plus sous la caresse de nos brises et la pluie de nos larmes... Craintes vaines, heureusement.

La Némésis satisfaite, toutes les vertus hospitalières, toutes les sensibilités du peuple simple et bon que nous sommes reparurent vis-à-vis de l'étranger. C'est au point que, en débarquant sur nos rives, celui qui ne saurait pas notre histoire ne devinerait jamais que nous avons eu cette heure de colère, que nous avons jeté l'anathème à toute une race, que nous avons été tragiques, antiques !

Non, on ne le dirait pas à voir le sourire de confiance et de joie des hommes, la sollicitude maternelle des femmes qui, d'un bout à l'autre du pays, escorte l'étranger, l'entoure, essaie de lui faire oublier la patrie lointaine, le dispute à la maladie, l'arrache à la mort. Curieuse antithèse ! nos Vêpres haïtiennes, qui semblaient devoir extirper toute pitié en nous, l'ont fait germer plus belle, plus forte, plus vivace qu'en aucun lieu de la terre.

Non, n'écoutons pas, ne croyons pas ceux qui essaient de jeter l'alarme, le doute dans nos cœurs.

Nous n'avons pas assez fait, nous aurions

pu faire mieux, c'est certain. Mais tout de même, à ce centenaire, nous pourrons affronter les ancêtres, plaider les circonstances atténuantes. Et quand, après avoir communié ce jour-là avec eux dans les souvenirs de leur épopée, nous aurons, sous leur égide, entrepris la revision du passé, qu'ils auront posé nos doigts sur les fautes, les erreurs, les crimes qui empêchèrent le développement de l'œuvre, qui sait si, après cette suprême conférence, dès nos premiers pas le lendemain dans la vie sociale, nous ne démontrerons pas que nous sommes enfin dans la voie véritable, la voie sans casse-cou, sans fondrières retardataires qu'ils nous auront indiquée ?

Pas de découragement. N'écoutons pas les dénigreurs. Trop de choses ont sombré en nous ; trop de lézardes, trop de fêlures se sont produites dans notre petit bâtiment. N'affichons pas maintenant l'indifférence stupide, criminelle de nous désintéresser de son sort comme si nous n'en étions que ses mauvais locataires. Souvenons-nous que nous sommes propriétaires de la maison. Nous devons veiller à sa conservation, nous devons en inspirer le culte au peuple.

Non, pas de découragement. Jamais, au contraire, nous n'avons eu plus besoin de ce tête-à-tête du centenaire, car jamais il n'a été plus nécessaire de retremper notre âme, de la vivifier à la source oubliée peut-être, mais non tarie, il faut l'espérer, du patriotisme et de la foi en nous-mêmes.

III

Depuis le 15 mai 1890, un phénomène se continue chez nous.

Il étonne, il confond. Dans les premiers temps, on pensait : « Oh ! cela ne peut pas durer. Ce sera pour demain. » Et demain passait et après-demain aussi et les années aussi. Depuis plus de onze ans, c'est la même chose : la paix n'est pas troublée.

C'était une habitude à prendre.

On l'a prise.

Ceux qui n'admettent pas que la stabilité puisse être le fait d'une administration prudente et quelque peu sage pensent que le pays n'est tranquille que parce qu'il n'a plus de vie, qu'il est épuisé, en un mot qu'il ne remue pas simplement parce qu'il n'a plus la force de remuer. Sous le général

Hyppolite, ils tenaient un langage opposé : on ne bougeait pas parce que tout le monde était acheté, gavé de faveurs et d'argent. Mais quant à croire que le général Hyppolite, que le général Sam ont peut-être assez bien compris leur rôle de chef d'État, on n'en conviendra pas. On voudra surtout rapporter le fait qu'on ne peut nier, puisqu'il existe, à des circonstances extérieures, indépendantes de leur volonté. Il est trop facile d'être injuste en politique pour consentir platoniquement à rendre hommage à la vérité..... Cependant, il faut bien qu'il ait existé quelque vertu, quelque mérite en ces deux hommes pour qu'ils aient eu l'insigne honneur de fonder la paix publique à Haïti.

Je puis parler d'autant plus librement du président actuel de la République que, retiré de la politique pendant son septennat, je n'ai eu rien à craindre ni à espérer de lui. Pour des raisons d'un ordre purement théorique, je n'ai pas vu en lui un réorganisateur possible. Tout de même, il est beau et digne d'envie le rôle qu'il laissera dans l'Histoire : celui d'avoir gouverné notre pays durant toute son administration sans avoir eu à réprimer aucune insurrection, sans avoir fait verser le sang d'aucun de ses concitoyens, sans que le repos public ait jamais été troublé une seule fois par le moindre coup de fusil..

Est-ce seulement de la chance, ou cette chance la mérite-t-il par quelques qualités personnelles ?

Il me plaît de croire, pour ma part, qu'il la mérite.

En 1894, le glas du ministère auquel j'appartenais sonnait chaque jour... C'était l'époque où un de mes amis, le député Durosier, chantait spirituellement dans l'*Echo d'Haïti* :

Un vent de fronde souffle ce matin,
Je crois qu'il gronde contr' le Marcelin !

Le 15 mai, anniversaire de l'élection du

général Hyppolite à la présidence, arriva. Le pays le fêta joyeusement, comme un remercîment pour les quatre années de paix qu'il venait de goûter, surtout comme un espoir pour les trois autres années qui allaient venir. Dans l'*Opinion nationale* j'écrivais ce jour-là :

« Le 15 mai 1897, rentré chez lui en simple citoyen que la reconnaissance nationale escorte, au milieu de sa famille, de ses amis fiers du couronnement auguste de cette carrière, le général Hyppolite, un peu las, sans doute, mais de cette lassitude heureuse, réconfortante de l'homme qui a glorieusement mené sa tâche jusqu'au bout, pourra se dire dans la paix et la tranquillité de son âme :

« *Oui, la besogne a été rude; mais je n'ai pas lieu d'être mécontent de mon sort. Oui, j'ai lutté; mais, si c'est le résultat qui compte, j'ai l'assurance d'avoir fait quelque bien à mon pays. Je laisse surtout après moi deux œuvres qui parleront... En dehors de toute acception de partis, j'ai garanti la paix publique, refait le faisceau national que les dissensions intestines avaient violemment rompu. Et correctement, constitutionnellement, j'ai résigné le pouvoir et je suis retourné à mes champs. Puisse l'héritage que je laisse à mes concitoyens ne pas dépérir dans leurs mains !* »

On sait que le destin, qui se joue de nos plans les mieux tracés, comme la mer se joue du bouchon de liège ballotté par la vague, ne permit pas cet acte final. L'homme tomba foudroyé au portail de Léogane... Toutefois, l'œuvre demeura. Le général Sam recueillit l'héritage qui, certes, n'a pas dégénéré dans ses mains, puisqu'il arrivera bientôt pacifiquement au terme de son mandat. L'apothéose dernière qui a manqué à son prédécesseur, il l'aura tout entière. Car il n'y a pas à s'arrêter, même une minute, à quelques propos insensés, propos de gens qui ne connaissent pas le président de la République, qui ne l'ont sans doute jamais approché et qui, clignant de l'œil d'un air entendu, vous susurrent, car ils sentent qu'ils avancent une absurdité : A moins qu'il ne reste ?

Ce n'est pas seulement parce que la Constitution ne permet aucune prorogation, — on sait ce que valent les défenses constitutionnelles et comment l'amour du peuple (?) les élude, — que le général Sam, pas plus que le général Hyppolite, ne songe, n'a jamais songé à rester une minute de plus au pouvoir à l'expiration de son mandat. C'est qu'il serait l'homme le plus insensé, le plus fou qu'on pût trouver, le bourreau de sa propre gloire si, ayant cette chance unique de descendre correctement, pacifiquement, légalement du pouvoir pour se mêler à la foule de ses concitoyens, ouvrir ainsi cette ère nouvelle si longtemps attendue, il allait déserter tout cela, sacrifier tout cela pour une très problématique continuation du pouvoir...

Hâtons-nous de dire que jamais aucune parole, aucun acte du général Sam n'a pu faire naître un tel soupçon. Qu'au contraire, toujours il a parlé de sa retraite constitutionnelle, envisageant cette retraite non pas comme une extrémité fâcheuse, mais plutôt comme la récompense méritée du bon travailleur après la tâche accomplie. Ce n'est que par un asservissement non encore vaincu des esprits au culte du passé que, de même qu'il y avait des sceptiques pour croire qu'Hyppolite ne quitterait pas le pouvoir au terme légal de son mandat, il peut encore se trouver de bonnes gens pour le penser du général Sam..... Non, le bon sens, la volonté de l'homme qui est au pouvoir nous sont garants que le clou du centenaire ne nous échappera pas le 1er janvier 1904. Car, qu'on nous pardonne cette expression, mais elle rend bien notre pensée, l'ancien président de la République, descendu pacifiquement et légalement du pouvoir, sera le *clou* de notre grande solennité.....

Oui, ce jour-là ce sera surtout sur lui que les regards se porteront. Il sera l'emblème vivant de la stabilité politique à jamais instaurée dans notre pays. Aux côtés du nouveau chef de l'État, il personnifiera l'ère de paix, de concorde qui, comme en un merveilleux printemps, fera éclore désormais la sève nationale si longtemps stérile.

Oui, il faut croire que la chance le favorise vraiment, puisqu'il lui sera donné d'ouvrir à ses concitoyens l'entrée du deuxième centenaire de leur indépendance par la démonstration pratiqueque les chefs haïtiens, dégagés enfin du souci de se tenir en équilibre sur leur fauteuil, n'auront plus dans l'avenir à penser qu'à la patrie et à son bonheur. Car, bien évidemment, ce septennat ne saurait finir autrement qu'il a commencé. Et même il aurait commencé dans la guerre civile que les Haïtiens, gouvernants et gouvernés, à moins d'abdiquer toute pudeur, toute dignité, tiendraient à honneur pour eux-mêmes, pour l'histoire, à ce qu'il s'achève dans la paix.

Il ne se peut pas qu'on se batte, qu'on se tire des coups de fusil ni avant, ni pour l'élection du nouveau chef : il est de toute évidence que tout devra se passer pacifiquement et loyalement. Aucun sentiment de haine, de jalousie, de compétition armée n'entravera l'expression légale de la volonté nationale. S'il en était autrement, si le sang devait couler, si les femmes et les enfants devaient pleurer, si dans nos finances il fallait fouiller, fouiller encore pour trouver quelques décimes devant servir de rançon aux étrangers pillés ou incendiés, si, pour s'asseoir au Palais National, le nouvel élu devait traverser quelqu'une de nos villes ruinées.... ah! nous pourrions entonner, cette fois et définitivement, le *De profundis* de notre autonomie.

Il faut, de toute nécessité, que notre idéal au nouveau centenaire ne soit plus la guerre civile. Nulle part elle n'a été pour un peuple un moyen de démontrer qu'il vit. Chez nous, elle n'a jamais été *le plus saint des devoirs*. Mais, à la veille du centenaire, elle serait la plus criminelle, la plus fratricide, la plus lâche des folies.

Cela ne sera pas.

On en a pour garant le bon sens populaire, admirable depuis onze ans.

Et aussi autre chose.....

IV

L'énigme de ces onze dernières années de paix provoque, on l'a déjà dit, l'étonnement des uns et laisse l'admiration des autres en suspens, car involontairement on se demande : « Combien de temps encore ? »

Ce sont surtout les raisons alléguées qu'on trouve insuffisantes, faibles pour justifier un tel changement dans nos habitudes sociales.

N'y aurait-il peut-être pas une autre explication à risquer ?

Elle est d'ordre purement psychique, mystique, si vous préférez; mais elle est satisfaisante pour ceux qui croient, et je suis de ceux-là, que l'esprit des aïeux, conglomérat de toutes les fractions nobles et héroïques qui vécurent ou moururent pour les descendants, revient à certaines époques les animer, les guider, les avertir. Car je ne suis pas loin de croire que c'est le grand souffle, l'Haleine du centenaire prochain qui, depuis onze ans, passe sur nous, purifie nos consciences, chasse de nos cerveaux l'agitation et le mal.....

Nous dormions d'une nuit lourde, ensuérée, pleine de cauchemars, sur des cailloux pointus où nos laissions, à chaque soubresaut, de notre sang, de notre chair. Mais voilà qu'une brise légère a peu à peu dissipé la suffocante chaleur, déchiré les ténèbres fangeuses, séché le sang qui tachait les pierres. Elle a continué, continué à souffler, la petite brise, onze ans durant, sans relâche, en dépit des velléités de nuages qui essayaient de se former... Elle a soufflé et elle a vaincu. Aujourd'hui, le malade n'a plus ces soubresauts fiévreux l'épuisant et le déchiquetant comme naguère. Aux élections présidentielles, il sera complètement rétabli.

Et le 1er janvier 1904 il poussera, debout, le cri d'allégresse et de délivrance de l'être revenu définitivement à la santé. Tel d'un conte de fée, à la première heure de l'an magique, il laissera tomber les guenilles de misère qui l'emmaillotaient. Et les pères reconnaîtront et salueront le fils enfin retrouvé dans sa jeunesse et dans sa force !

Il faut qu'il en soit ainsi pour expliquer ce miracle.

C'est l'Haleine du centenaire, apaisante, réconfortante, qui, descendant des montagnes, boulevards de notre liberté, a balayé nos vieilles et subversives idées. C'est elle qui, ouvrant enfin nos yeux à la lumière, nous a montré le précipice où nous roulions tête baissée. Un pas de plus et c'était fait de nous. Grâce à elle, nous nous sommes ressaisis. Grâce à elle, nous pourrons célébrer sans honte la grande date.

Autrement, l'aurions-nous pu ?

Comprendrait-on le cynisme de ce peuple qui oserait monter au Capitole et proclamer :

« A pareille époque, il y a cent ans, nous avons massacré nos maîtres... Depuis, nous nous massacrons nous-mêmes ! »

Souffle de tout ce qui a vécu de grand et de noble sur notre terre, martyrs de nos discordes civiles, âmes de ceux qui périrent généreusement sans apostasier le bonheur national, cœurs qui n'avez jamais douté de l'immortalité de la Patrie, esprits de lumière qui planez sur Haïti, soyez bénis !

Vous avez régénéré notre cerveau.

Epurée, dégagée de toute contingence terrestre, c'est la sélection de vos vertus, à quelque camp que vous ayez appartenu de votre vivant, c'est ce qu'il y avait de beau, de sincère, de désintéressé en vous, en dehors de toute nuance politique, qui forme l'Haleine du Centenaire.....

Elle souffle maintenant, victorieuse, du

sommet de nos montagnes aux rivages de nos mers.....

Elle emporte, enlève, balaie tous les miasmes, tous les poisons, toutes les ambitions étroites.

Qui peut dire les autres miracles qu'elle est appelée à accomplir encore ?

V

Je ne sais pas très exactement ce qui se fait chez nous en vue de la grande solennité. Je sais seulement que des hommes éminents depuis plusieurs années s'en préoccupent et qu'il existe une association fondée à ce sujet. Il se peut donc que dans les quelques idées que j'émettrai je me rencontre avec elle, qu'elle m'ait devancé dans les réflexions que je pourrai faire.

Il n'importe.

Ce qu'il faut surtout, c'est de préparer les esprits à la communion patriotique de 1904. Pour y arriver, on peut bien se prêter mutuellement des idées. Au surplus, je dirai plus loin ce qui m'a mis la plume en main.

Tout d'abord, il semble que l'érection à

Port-au-Prince d'un bâtiment spécial s'impose. On ne demande rien d'extraordinaire, rien de coûteux. Pourvu que l'édifice soit en briques, à l'épreuve du feu, c'est tout ce qu'il faut : un simple *hall*, pas davantage; très élevé de plafond, situé au milieu d'un grand terrain planté d'arbres. Dans des salles aménagées à cet effet, on établirait une sorte de petit musée de notre passé, de notre présent et... de l'avenir probable. Je sais qu'il n'y a pas grand'chose à glaner dans le passé. Tout de même on peut trouver encore quelques reliques de nos vétérans. Leurs possesseurs seraient heureux de les offrir, de les mettre ainsi à l'abri de toute éventualité. En tous cas, on y ferait figurer leurs portraits, tout ce qu'on a écrit les concernant, concernant les faits d'armes qui les ont illustrés... Là, on réunirait aussi toutes les œuvres intellectuelles de nos compatriotes jusqu'à ce jour, la collection des livres, des brochures, des journaux, en un mot de tout ce que la pensée haïtienne a créé... Car cet embryon de musée devra embrasser les manifestations de notre cerveau aussi bien que celles de notre héroïsme guerrier. Le cycle de celui-ci est peut-être clos ; mais l'avenir, il est à le supposer, est réservé à l'autre. C'est ce dont il faut nous pénétrer, nous convaincre, en encourageant de notre mieux ceux qui croient à notre littérature naissante.

Il semble qu'on aurait dû, dès ce jour, organiser des pèlerinages dans nos lieux historiques, des conférences dans nos principales villes, semer la bonne parole dans les cœurs, montrer, en un mot, ce que doit être l'apothéose pacifique du centenaire. D'un autre côté, chaque Haïtien devrait se dire qu'il doit un hommage, une offrande, quelle qu'elle soit, à l'autel des aïeux en commémoration de ce jour. Des listes de souscription devraient circuler d'un bout de la République à l'autre. Le montant en serait affecté à l'entretien, à la toilette des tombes de nos grands morts, abandonnées un peu partout dans les cimetières de nos villes.. C'est la moindre des choses après cent ans!

Puis-je me citer encore une fois? Qu'on me le pardonne, c'est surtout pour rendre un nouvel hommage à un homme qui avait les réelles qualités d'un chef d'État et dont l'ombre illustre plane encore sur nous..... C'était le 19 septembre 1892, lors de l'érection du mausolée élevé par le général Hyppolite à Jean-Jacques Dessalines :

« J'ai gardé mon cœur de la vingtième année, disais-je ce jour-là dans un journal de la capitale, lorsqu'il s'agit de nos ancêtres. Le culte de leur gloire n'a pas de plus dévoué fervent que moi, et ma religion pour eux se fortifie de tout ce que notre vie nationale nous inflige chaque jour de dures épreuves. Je n'ai donc pas besoin de dire quelle émotion profonde j'ai ressentie à Sainte-Anne...

« Un instant, quand les cuivres vibraient avec violence, que les voix s'élevaient frémissantes vers le ciel, que l'encens pénétrait le cerveau, que l'âme fascinée chancelait dans une mystique ivresse, il m'a semblé que l'esprit de Jean-Jacques Dessalines était avec nous. Ma pensée, absorbée, hypnotisée, prenait peu à peu un tour d'invincible mélancolie. Et je songeais amèrement à cette misérable loque que nous appelons aujourd'hui notre patriotisme... Ah! si celui de nos pères avait été de semblable qualité, il est certain qu'Haïti n'eût jamais vu le jour.

« Mais voici un tableau nouveau... Le temps a fait son œuvre, la génération actuelle a disparu ; tous ceux qui existent en ce moment sont retournés à l'éternel oubli, et personne, non personne, ne se souvient plus de nous... Au cimetière intérieur, devant une inscription, un tout jeune enfant est accoudé à la grille d'un mausolée. Il épèle et tâche de comprendre. Et ses parents expliquent à son imagination qui s'éveille ce que fut Dessalines, ce que fut Hyppolite.....

« La pierre vulgarise l'histoire. C'est l'édition populaire à la portée de tous.

« Heureux les chefs d'État qui le comprennent! »

Je veux croire que le tombeau de Jean-Jacques Dessalines, gardé désormais, grâce au général Hyppolite, par la piété filiale des Haïtiens, est bien entretenu... Mais les autres, dispersés, disséminés dans les cimetières des villes, des campagnes, ne mériteraient-ils pas, à l'occasion du centenaire, d'être réparés ou complètement réédifiés ?

Le culte de ses morts historiques est, chez un peuple, une des formes de la croyance en sa propre vie. L'obole du pauvre, quand il s'agit de ce devoir, doit se mêler à la gourde du riche.

Cependant ce n'est pas tout qu'une simple offrande d'argent : il est bon que aussi nos poètes, nos écrivains pensent, en cette occasion, à offrir une manifestation éclatante à leur patrie. Il faut qu'ils s'efforcent de produire une œuvre, tout au moins de trouver quelques accents dignes de la grande journée... Quel bonheur si on pouvait applaudir le 1er janvier 1904 une voix évoquant vraiment l'écho endormi des ancêtres! Quelle joie si leur épopée pouvait revivre pour nous avec toutes ses ivresses, toutes ses splendeurs, toute sa pourpre! Il ne faut pas désespérer... Des efforts isolés travaillent peut-être...

De toute notre pensée qui implore et espère, qu'ils sachent, ces croyants, que nos cœurs volent au devant de la voix désirée, que nos mains sont prêtes pour l'acclamation de l'œuvre attendue!

VI

Le centenaire ne serait pas le centenaire si ce n'était pas dans la ville des Gonaïves qu'il était célébré.

Le 1er janvier 1904, comme naguère au même jour historique, c'est là que la voix du premier magistrat de la République devra se faire entendre. Une autre fête aura lieu à Port-au-Prince pour l'inauguration de la salle du Centenaire, fête moins solennelle ; mais l'acte officiel, le premier cri saluant l'an nouveau de notre siècle d'Indépendance, devra partir des Gonaïves.

Là rugit Boisrond-Tonnerre....

Cent ans après, entouré des anciens présidents de la République vivants, de tous les corps de l'État, des représentants de l'armée, des descendants de ceux qui apposèrent leurs signatures au bas de la célèbre Résolution de : **Combattre jusqu'au dernier soupir pour l'Indépendance**, du général Sam, descendu légalement et pacifiquement du pouvoir, celui qui aura l'honneur de parler en notre nom se fera entendre...

Ah ! ce discours... Trouvera-t-il, celui-là que le destin a déjà choisi, la corde à faire vibrer, le mot à dire ? Depuis cent ans l'autre dominait seul du faîte de notre histoire. Voilà qu'un compagnon va lui être donné. Écrasant voisinage ! Diptyque qui planera, de tous les points de l'horizon, sur notre siècle futur ! Le nouveau venu, conçu, il va sans dire, dans les conditions modernes de notre vie nationale, sera-t-il pourtant à la hauteur de l'ancien ?

Je n'ai jamais lu sans une fierté et un attendrissement profonds la proclamation prononcée au nom de Dessalines, le 1er janvier 1804, sur la place d'armes des Gonaïves. Ce n'est pas seulement que l'allure, soulignée plus tard par les actes, en est tragique, que la phrase en est cornélienne, qu'aussi peut-être les quelques gouttes de sang de Boirond-Tonnerre qui coulent dans mes veines s'exaltent de l'œuvre de l'ancêtre... Je vois, je vois surtout ces misérables dont nous sommes la chair et les os, plongés, quelque temps auparavant, dans la géhenne du bagne le plus odieux qui ait existé sur cette terre. Est-il possible qu'ils en sortent jamais ?... Et pourtant leur volonté, leur volonté seule de vivre libres ou de mourir, les en tire. Vraiment, qui pouvait s'attendre à cet effort, à une si prodigieuse manifestation de cerveau chez ces déshérités. Ah ! tous les révoltés contre l'oppression sont sublimes, mais ces révoltés-là sont d'une espèce particulière, rare, merveilleuse. Ils sont sortis d'un enfer aux portes duquel l'inscription même de Dante paraîtrait superflue, car il n'y avait pas d'espérance possible...

Oh! la glorieuse vision!...

Je vois, je vois nos vieux haillons de drapeaux agités frénétiquement par ces régénérés de la Liberté. J'entends leurs clameurs d'allégresse à faire éclater les poitrines. Elles gonflent les loques symbolisant la Patrie nouvelle comme un vent puissant et fort emplit la voile d'un vaisseau. Puis, je vois subitement les fronts se creuser, les regards inquiets interroger l'horizon de la mer, de la mer complice, porteuse de chaînes, porteuse d'esclavage. J'entends crépiter le verbe meurtrier de Dessalines :

« Que mon nom soit exécré de l'humanité, pourvu que mon peuple soit libre ! »

Aux clameurs d'allégresse succèdent des cris de rage, de sacrifice indispensable à la sûreté nationale. C'est délibérement, comme le préservatif de la liberté naissante, comme le signe de la confirmation qui marquera chaque Haïtien au front, que leurs chefs, quelque temps après, l'ordonnent, ce sacrifice. Ces fanatiques brûlent ainsi les ponts derrière eux. Désormais *sint ut sunt, aut non sint.* Plus de milieu possible. Eh ! oh ! ce spectacle est grandement épique d'un peuple sautant dans le sang avec cette conscience...

C'est à tout cela que je songe en revivant par la pensée la grande journée du 1er janvier 1804... Et je pleure d'attendrissement et de joie orgueilleuse.

Le discours que le Président de la République prononcera le 1er janvier 1904 aux Gonaïves, on n'a pas besoin de le dire, sera tout différent. Mais il faut qu'il soit substantiel comme son aîné, d'une autre substance s'entend. Il sera l'hymne de la Paix, de la Concorde, de la Richesse sociale régénérant Haïti définitivement libérée.

Il y a un siècle, nous disions :

« Qu'avons-nous de commun avec ce peuple bourreau ? Sa cruauté, comparée à notre patiente modération, sa couleur à la nôtre, l'étendue des mers qui nous séparent, notre climat vengeur, nous disent assez qu'ils ne sont pas nos frères, qu'ils ne le deviendront jamais et que, s'ils trouvent un asile parmi nous, ils seront encore les machinateurs de nos troubles et de nos divisions.

« Citoyens indigènes, hommes, femmes, filles et enfants, portez vos regards sur toutes les parties de cette île. Cherchez-y, vous, vos épouses, vous, vos maris, vous, vos frères, vous, vos sœurs. Que dis-je? cherchez-y vos enfants, vos enfants à la mamelle ! Que sont-ils devenus ? La proie de ces vautours. »

Et Dessalines ajoutait :

« Sachez que vous n'avez rien fait si vous ne donnez aux nations un exemple terrible, mais juste, de la vengeance que doit exercer un peuple fier d'avoir recouvré sa liberté et jaloux de la maintenir. Effrayons tous ceux qui oseraient tenter de nous la ravir encore : commençons par les Français. »

Le 1er janvier 1904, nous dirons :

« La défiance a fait son temps. Pas plus que nous ne renions la Grande Nation dont nous parlons la langue, nous ne renions les autres peuples. Notre indépendance n'est pas menacée par eux. Si elle a jamais pu l'être, si elle l'est un jour, ce sera par nous-mêmes, par nos propres fautes. L'isolement, décrété par nos pères, a pu être une sauvegarde dans le passé. Il serait aujourd'hui un péril. C'est une humanité nouvelle qui s'ouvre pour nous. Nous aspirons à prendre notre place, si petite soit-elle, dans le concert des nations, à goûter avec elles aux jouissances de la vie, selon les conditions modernes de son normal développement. Ce n'est plus l'accroupissement sur soi, c'est l'expansion qui sera dès ce jour notre attitude. Ce n'est que légèrement, à la surface, que jusqu'ici nous avons exploité notre pays. Aucun effort sérieux n'a été tenté. Nous végétons parce que nous l'avons voulu, parce que telle a été notre volonté à une époque où nous pensions que, ayant tout à craindre, nous y avions intérêt. Les temps ont changé. Désormais, scientifiquement, méthodiquement, nous adopterons les moyens propres à nous tirer de notre torpeur économique. La stabilité ayant fait ses preuves, nous en userons largement pour mettre en œuvre toutes les forces vives de notre pays : industrie, agriculture, commerce. Car, ne l'oublions pas, il y a deux sortes de paix : la vraie, celle qui, dans le travail, vivifie comme un réconfortant, comme un reconstituant ; la fausse, celle qui débilite et anémie dans l'oisiveté de toutes les énergies sans emploi. Il ne s'agit pas seulement de maintenir la paix, il faut la rendre féconde. Autrement, combien regretteraient l'aléa des révolutions ! »

Or, le devoir des gouvernements, à partir

du prochain centenaire, sera de comprendre ces nécessités sociales. S'ils ne les comprenaient pas, ce serait un grand malheur pour eux et pour nous. Eux, on les renverserait. Nous, nous irions droit à l'annexion.

Comme il faut à tout un commencement, le Président de la République, après son discours, posera, aux Gonaïves, la première pierre d'une colonne à la mémoire des héros de 1804.

On verra bien si, durant son septennat, il ne trouve pas le temps de l'achever.

VII

Il y a dans l'histoire une nuit célèbre, une nuit qui marque une des dates les plus glorieuses de l'émancipation du genre humain : celle du 4 août 1789. Cette nuit-là, tout ce qui pouvait entraver le développement de la France moderne telle que nous l'admirons et l'aimons, tout ce qui pouvait empêcher le bonheur de la nation, fut spontanément, et par ceux-là mêmes qui en étaient les détenteurs, offert en holocauste à la patrie. Un à un, ils montèrent à la tribune et répudièrent le passé, obstacle à la félicité qu'ils rêvaient pour leurs concitoyens. Leur acte fut sublime, au delà de toute expression, car juger et condamner un état de choses dont on bénéficie restera toujours comme une des plus belles et des plus rares victoires du patriotisme sur lui-même.

Eh bien ! une occasion semblable se présente chez nous pour la répétition de cet acte...

Nous sommes au Centenaire...

Le Président de la République vient de parler le 1er janvier 1904... Il a dit les paroles décisives, attendues qu'il devait dire. Il a montré, bientôt, une Haïti autre, une Haïti riche, fécondée par la paix et le travail associés, une Haïti se retrempant dans le contact des peuples civilisés lui apportant des bras et des capitaux. Il a évoqué l'avenir défrichant notre sol, notre sous-sol, leur arrachant leurs richesses pour la gloire et l'aisance de nos familles...

Et quand il s'est tu, voilà que des rangs des chefs de l'armée, groupés à ses côtés, un homme se détache... Est-ce Nord Alexis, l'illustre vétéran ? Est-ce Jean Jumeau, l'intrépide descendant de Toussaint-Louverture ? Est-ce Antoine Simon, l'avisé délégu édu Sud ? Est-ce Mérisier, le Mentor de

Jacmel ? Est-ce un des jeunes ?... Est-ce Saint-Fort Colin, le brillant commandant de l'arrondissement de Port-au-Prince ? Est-ce Albert Salnave, auréolé du plus beau nom de notre histoire militaire moderne ?

Je ne sais.

Le voilà, celui-là, qui déclare aux applaudissements de ses frères d'armes que le système militaire a vécu, que la période nouvelle veut un régime nouveau ; le voilà qui, dans l'enthousiasme général, dépose sur l'autel de la patrie ses épaulettes, son épée ; le voilà qui adjure la nation d'adopter le régime civil, qui seul fera une réalité du programme tracé par le président de la République et rêvé par tous les vrais patriotes. Et tous les généraux de battre des mains, et tous, à son exemple, de déposer leurs épaulettes, leurs épées.....

Est-ce un rêve ? Et pourquoi ce rêve ne deviendrait-il pas une réalité à la clarté de vérité, d'évidence du 1er janvier 1904 ?

Certes, si ce jour-là nous ne comprenons pas les nécessités que nous impose l'avenir, nous ne les comprendrons jamais. Et qui oserait, dans la plénitude de son bon sens et de sa conscience, ne pas confesser que tous nos maux viennent du système militaire où nous nous sommes trop attardés?

Pourquoi donc la nuit historique du 4 août 1789 n'aurait-elle pas ce pendant chez nous? Pourquoi le gouvernement civil ne naîtrait-il pas du désintéressement, du patriotisme éclairé de nos propres chefs militaires?

Ah! nous cherchions par quoi on pouvait illustrer le 1er janvier 1904, par quoi on pouvait le hausser à la taille des ancêtres?.. Je crois qu'on ne pourrait trouver mieux si, un siècle après avoir improvisé de toutes pièces une armée pour conquérir notre indépendance, après avoir gardé durant toute cette période cet outillage comme la clef de voûte de notre édifice social, nous déclarions, selon la logique et le patriotisme qui réclament des bras pour l'agriculture, l'industrie et le commerce, ne plus en avoir besoin.....

Quel est donc le général qui, au nom de l'armée, au nom de l'intérêt supérieur du pays, fera, par cette déclaration, la journée du 1er janvier 1904 aussi illustre dans l'histoire des peuples que son immortelle devancière, la nuit du 4 août 1789 ?

VIII

Dans son étude sur la Constitution de 1889, M. Charles Dubé dit : « A la veille de notre centenaire, tous les enfants d'Haïti, à quelque nuance politique qu'ils appartiennent, noirs et mulâtres, tous doivent se trouver au même lieu de rendez-vous pour fêter la date à jamais célèbre où noirs et mulâtres luttaient avec tant d'acharnement pour nous donner une patrie. » J'ai trouvé cette pensée belle, émouvante.

C'est elle qui m'a fait prendre la plume et écrire ces pages.

Oui, le 1er janvier 1904, sur la place d'Armes des Gonaïves, tous les cœurs doivent battre à l'unisson comme ils battaient cent ans auparavant. Plus de haines, plus de divisions, plus de partis : rien que la patrie. Et à cette date tous les Haïtiens, qu'ils soient à l'étranger pour leurs affaires ou pour leurs plaisirs, doivent rentrer chez eux, doivent se donner rendez-vous tout au moins sur la terre natale, s'ils ne peuvent trouver place dans la vaste fédération qui se formera aux Gonaïves.

C'est le moins qu'ils puissent faire.

Je n'ai pas besoin de dire qu'il ne doit pas exister d'exilés politiques ce jour-là. De même qu'à l'anniversaire de l'aïeul, souche de la lignée, les rejetons se groupent autour de lui, de même qu'au Centenaire tous les enfants d'Haïti, tous sans exception, doivent être groupés, à Haïti même, sous les plis de son drapeau. Il faut qu'ils puissent, émus et reconnaissants, baiser le sol natal, sol d'héroïsme, de poésie où dorment les ancêtres !

Cette poésie-là, qu'importe que les autres ne la voient pas, s'ils la sentent, eux ?

Nous avons, en effet, beau promener au

loin nos tentes vagabondes; c'est pour un temps, nous le savons bien. Nos pérégrinations ne nous donnent ni le contentement paisible, ni le bonheur. Car le bonheur n'est pas pour les enfants d'Haïti — et plus il ont l'imagination vive, mieux ils le sentent — de vivre, de mourir au sein des civilisations les plus avancées des autres peuples. Certes, ils en goûtent le charme, mais ce charme n'est que passager. Ils sont toujours étrangers hors de chez eux..... Que les plus incrédules s'interrogent, récapitulent les mille riens venant sans cesse le leur rappeler...

Ah ! la sensation d'être salué par son nom quand on entre quelque part, d'être attendu, de n'être pas un inconnu dans la foule, un zéro dans le désert... Que de fois, loin du pays, on pense en soupirant aux petits oiseaux qui chantaient sur nos têtes dans le bois ami, aux collines, aux vallées, à la source fixés à jamais dans notre rétine d'enfant! On peut cesser de les voir durant des années; on les regrettera toujours dans la vision du souvenir. D'autres collines peut-être plus belles, d'autres vallées peut-être plus vertes, d'autres oiseaux peut-être plus séduisants s'offriront à nous. Les seuls qui parleront à jamais dans notre âme seront ceux du pays natal.

Pays natal, mots doux à la bouche, plus doux encore au cœur de l'homme fait! Fibre éternellement jeune, d'autant plus jeune que l'on avance en âge!... On s'en aperçoit bien après quelque temps passé loin de toi, même pour son plaisir, terre où nos pères, où nos mères nous attendent pour dormir à notre tour... Combien alors doit souffrir l'exilé forcé de te fuir!

De quel limon serait pétri le Gouvernement qui, le 1er janvier 1904, priverait des concitoyens de te saluer, pays natal!

IX

Il faut un éclatant soleil à notre Centenaire, comme était celui qui, naguère, niellait la face bronzée de Boisrond-Tonnerre donnant au peuple lecture des Actes...

Nous l'aurons, ce soleil.

Il ne manquera pas au rendez-vous qu'Haïti lui donne aux Gonaïves le 1er janvier 1904.

Il enveloppera de lumière les longues théories de nos paysans accourant, de la montagne, de la plaine, de toutes parts.... Il dorera la proue des canots pavoisés, glissant sur la mer berceuse, pleins d'une foule enthousiaste, croyante.

Tout, du reste, sera en fête, doit être en fête d'un bout à l'autre du pays pour la grande journée.

Cependant cette journée, il faut se le rappeler sans cesse durant les deux ans qui nous en séparent, ne serait qu'une comédie si nous n'y allions avec la franche volonté, l'énergique bonne foi de lui donner un lendemain digne d'elle : un lendemain qui soit désormais la vie nationale, un lendemain de paix, d'union à jamais consolidée.

Réfléchissons-y.

Le 1er janvier 1904 sera l'aurore des Temps nouveaux si nous voulons, si nous savons monter nos âmes à la hauteur des sentiments que cette date doit éveiller en nous !

Septembre 1901.

Paris, Soc. an. de l'Imp. Kugelmann (G. Balitout, direct.).
12, rue de la Grange-Batelière.

FRÉDÉRIC MARCELIN

Ducas-Hippolyte
(Biographie d'un poète haïtien).

La Politique
(Discours à la Chambre des Députés).

La Banque Nationale d'Haïti.

Questions haïtiennes.

Le Département des Finances et du Commerce d'Haïti.

Les Chambres législatives d'Haïti
(1892-1894).

Choses haïtiennes
(Politique et littérature).

Haïti et sa Banque Nationale.

Nos Douanes (Haïti).

Haïti et l'indemnité française.

Une Évolution nécessaire.

Labasterre
Roman haïtien, chez OLLENDORFF.

www.ingramcontent.com/pod-product-compliance
Ingram Content Group UK Ltd.
Pitfield, Milton Keynes, MK11 3LW, UK
UKHW021009200726
13857UKWH00004B/1356